First Spanish-language edition published in the United States in 1999
by Ediciones Norte-Sur, an imprint of Nord-Süd Verlag AG, Gossau,
Zürich, Switzerland. Distributed in the United States by
North-South Books Inc., New York.

Library of Congress Cataloging-in-Publication Data is available.
ISBN 0-7358-1126-1 (Spanish paperback) 10 9 8 7 6 5 4 3 2 1
ISBN 0-7358-1125-3 (Spanish hardcover) 10 9 8 7 6 5 4 3 2 1
Printed in Belgium

Si desea más información sobre este libro o sobre otras
publicaciones de Ediciones Norte-Sur, visite nuestra página
en el World Wide Web: http://www.northsouth.com

¡Despierta, Osogris!

Por Wolfgang Bittner · Ilustrado por Gustavo Rosemffet

Traducido por Agustín Antreasyan

EDICIONES NORTE-SUR / NEW YORK

Al despertarse un domingo a la mañana, Tobi
escuchó el gruñido y el rugido de un oso en la
casa. GRRR . . . GRMMM . . .

Tobi se levantó con cuidado de la cama y salió
al pasillo sin hacer ruido.

Mamá se estaba cepillando los dientes. Allí no había ningún oso.

Los gruñidos se hicieron cada vez más fuertes. GRRR . . . GRMMM . . . Venían de la habitación de sus padres. Tobi abrió la puerta lentamente.

GRRR . . . GRMMM . . .

¡Era un oso! ¡Un oso enorme en el medio
de la cama! Tobi saltó a la cama dispuesto
a espantar el oso. En realidad, no se trataba
de un oso. Era Papá que estaba roncando.
A Papá le gustaba levantarse tarde los
domingos.

Afuera llovía y Tobi tenía los pies muy fríos.
La cama parecía estar calentita. Tobi decidió
meterse bajo las cobijas.

¡GRRRR!

—Pensé que eras un oso —dijo Tobi—.
Estabas roncando muy fuerte.

—Yo soy un oso —dijo Papá riéndose—.
Soy el Gran Osogris ¡y te voy a devorar!

—¡Ay! —dijo Tobi—. ¡No me muerdas!

—Nunca te mordería —dijo Papá. Se
acomodó en la cama y levantando a Tobi
agregó: —Tú eres el Pequeño Osogris.

—Ah —dijo Tobi—. ¿Dónde vamos a vivir?

—Aquí, en nuestra cueva —dijo Papá
levantando la cobija.

Tobi se asomó a la cueva y no lo pudo
creer: ¡adentro estaba oscurísimo!

Por suerte en la cueva había lugar suficiente
para un oso grande y otro pequeño.

Un hilo de luz que venía de la entrada apenas
iluminaba el interior de la cueva.

—¿Qué comen los osos? —preguntó
Pequeño Osogris.

Gran Osogris pensó un momento antes
de contestar y dijo:

—¡Ositos de miel, por supuesto!

—¡Excelente! —dijo Pequeño Osogris—.
Creo que todavía tengo algunos en el bolsillo.
Están un poco pegajosos.

—No importa —contestó Gran Osogris—.
Dame uno. ¡Tengo más hambre que un oso!
¡Mmmm, delicioso!

¡BANG! ¡BANG!

El ruido venía de afuera.

—¡Cazadores! —susurró Gran Osogris—.
No te muevas ni hagas ruido, así no nos
encontrarán.

Los dos se quedaron muy quietos por un
rato. Se quedaron tan quietos que Gran
Osogris empezó a roncar. ¡Se había quedado
dormido! ¿Cómo podía quedarse dormido
en un momento como éste?

Los cazadores buscaban la entrada de la
cueva. ¡Se estaban acercando!

Papá seguía roncando. Era como si alguien estuviera cortando un árbol con una sierra eléctrica.

Tobi le tapó la boca a su papá para que los cazadores no lo oyeran. Taparle la boca no dio resultado. Después le apretó la nariz y eso sí funcionó.

Papá comenzó a estornudar.

—¡Shhh! —dijo Tobi en voz muy baja—. ¡Los cazadores!

—No tengas miedo, Tobi —dijo Papá—. Es el ruido del radiador.

Se hizo un silencio y, de pronto . . .

¡Criich . . .scriik!

¿Qué era eso? Probablemente fuera
un tigre tratando de entrar.

Tobi se asustó mucho.

—Es una rama contra el vidrio de la
ventana —dijo Papá—. Escucha bien.
Se hizo un silencio y, de pronto . . .

¡TAP! ¿Qué era eso? ¡TAP! ¡TAP! Alguien estaba
caminando sobre la cueva. Esta vez hasta Gran
Osogris se asustó.

De pronto vieron que unas garras se metían
en la cueva.

¡Era un tigre de verdad! Entró a la cueva
dando un fuerte rugido.

—No tiene permiso para subirse a la cama
—dijo Papá—. Pero hoy haremos una excepción.

El tigre también se comió un osito de miel y
luego se acurrucó entre los dos osos. La cueva
era calentita, oscura y silenciosa. Los osos
murmuraban entre sueños y el tigre
ronroneaba.

De repente la cueva desapareció.

Los osos se despertaron de su largo sueño invernal. El sol brillaba y había un agradable aroma en el aire.

—¡Arriba de una vez, holgazanes! —dijo Mamá riéndose—. ¡Hay panqueques de desayuno!

—Yo quiero uno con miel —dijo Papá—. A los osos les gusta mucho la miel.

—¡Yo también! —dijo Tobi y saltó de la cama.